말하지 않아도 다 알아요

기영석 시집

시음사
시사랑음악사랑

무뚝뚝함 속에 잔정이 넘치고
강인함 속에 부드러움이 녹아 있는 기영석 시인!

어떤 것을 시작할 때 늦었다고 생각할 때가 어쩌면 무엇을 시작하기에 가장 적기라는 생각이 든다. 그만큼 시간을 두고 많은 생각을 하였을 것이고 또한 간절함이 있었기에 늦었다는 것을 알고도 불구하고, 포기하지 않고 그 속에 삶의 일부분을 들여놓았을 것이다. 기영석 시인은 펜을 들어 글을 쓰고, 시인이라는 명패를 얻기까지 수많은 고뇌와 갈등, 그리고 현실의 삶에서 부닥치는 어려움 속에 많은 머뭇거림도 있었겠지만, 글을 쓰고자 하는 욕망의 꿈틀거림이 더욱 컸기에 인생의 중반 넘어 문학인의 길에 당당하게 섰다. 그리고 그동안 기영석 시인만의 시적 감상으로 꾸준하게 써왔던 작품을 품속에 품고 있다 "말하지 않아도 다 알아요"라는 제호를 들고 다양한 시인의 삶이 담긴 글을 용감하게 세상에 발표하게 되었다.

"말하지 않아도 다 알아요" 제호 속에 담긴 詩처럼 기영석 시인의 마음이 시집 속에 고스란히 녹아있다. 오랜 시간 동안 함께 해 왔던 사랑하는 사람의 마음, 그리고 얽히고 얽힌 수많은 인연을 통한 삶의 흔적들이 기영석 시인의 펜을 따라 꽃의 향기로 가슴에 피어나고, 자연의 사계절 멋진 풍광으로 그려져 가슴 설레고, 때로는 아픔과 그리움이 비가 되어 흐르고, 누군가 보고 싶은 마음이 눈이 되어 바람에 실려 날리기도 한다.
기영석 시인은 이달의 시인으로 선정될 만큼 많은 사랑을 받고, 또한 시에 대한 애정과 열정으로 배움의 끈을 놓지 않으면서 끊임없이 자신을 개발하고 공부하였다. 이제 그 갈급함이 기영석 시인의 이름으로 "말하지 않아도 다 알아요"라는 첫 시집이 탄생했다.

기영석 시인의 시집을 통해 읽는 독자가 함께 공감하고 소통할 수 있는 따뜻한 온기가 배어 나오는 "말하지 않아도 다 알아요" 시집을 추천할 수 있어 필자는 진심으로 기쁘게 생각한다. 그의 '詩'를 만나는 독자의 가슴에 더 풍성하고 아름다운 시향으로 피어나 많은 사랑을 받고, 그 여운이 오래도록 남을 수 있기를 기대하고 바라는 마음이다.

(사)창작문학예술인협의회 부이사장 **박영애**

시인의 말

고생한 것을 글로 쓴다면 백 권도 더 쓴다는
옛말이 있어도 글을 쓰신 분은 참 존경스럽습니다

늘 마음에는 글을 쓰지 못한 아쉬움 때문에
노을 속에 길을 물어 어쩌다 시인이 되었습니다

저 역시도 별거 없을 거로 생각했었는데
막상 시작해 보니까 아, 이건 아니었구나!
어려워도 너무 어려워 많은 후회를 하게 되었습니다

한 편의 시가 나오기까지 인내와 욕망으로 빚어진
시를 수없이 다듬어서 나온 것이라도
받침 하나에 엉뚱한 글이 됨을 뒤늦게 알았습니다

어느 날 시인은 공저만 쓸 게 아니라면서
그래도 시집이 있어야 한다는 아내의 말 한마디에
모자람을 부끄럽게 생각하며 흩어 놓았던 시를
주섬주섬 한곳에 모아 보았습니다

한편의 일기 같은 詩, 시 같지 않은 詩,
긴 시간을 고민하고 퇴고를 거듭하며 내어놓은
보잘것없고 부족한 시집 읽어 주셔서 감사합니다.

시인 기영석

* 목차

* 목차

제목 : 말하지 않아도
　　　　　　 다 알아요
시낭송 : 박영애

 제목 : 님의 안식처
시낭송 : 박영애

 제목 : 내 고향
시낭송 : 최명자

 제목 : 울림
시낭송 : 박영애

 제목 : 미륵이 된 인조 과일
시낭송 : 박영애

 제목 : 삶의 흔적
시낭송 : 박영애

 제목 : 송린
시낭송 : 박영애

 제목 : 봄은 옵니다
시낭송 : 최명자

 제목 : 결혼기념일
시낭송 : 박영애

 제목 : 너무 사랑한 그대
시낭송 : 박영애

 제목 : 배롱나무
시낭송 : 최명자

 제목 : 가슴에 심은 사랑
시낭송 : 박영애

 제목 : 구담봉 가는 길
시낭송 : 박영애

 제목 : 봄의 소리
시낭송 : 박영애

 제목 : 삶이 그런 거지
시낭송 : 박영애

 제목 : 오름길
시낭송 : 박순애

 제목 : 아내의 밥상
시낭송 : 박영애

 제목 : 비워야 행복하다
시낭송 : 박영애

시인은 자연을 이야기하고 시낭송가는 자연을 품었다
글자는 날개를 달아 언어로 날고 소리는 자연에 눕는다

말하지 않아도 다 알아요

나는 당신을 믿으니까
어떤 잘못이 있어도
나를 믿어준다는 것을 믿어요

내가 당신을 좋아하니까
어떤 일이든 따라주고
나를 좋아한다는 것을 말입니다

내가 어느 날 힘겨워할 때
말없이 보듬어 주었지!
사랑으로 맺어진 인연인 것을요

한때는 길 한복판에서
갈 길을 몰라 갈팡질팡할 때
먼발치에서 지켜보는 거 알아요

때론 좋은 일에는 웃었고
나빴던 일엔 울기도 했었는데
세상은 그렇게 사는 것이라 했어요

이제는 말을 하지 않아도
모든 걸 내가 귀신처럼
당신의 애틋한 마음을 다 압니다.

제목 : 말하지 않아도 다 알아요
시낭송 : 박영애
스마트폰으로 QR 코드를 스캔하면
시낭송을 감상할 수 있습니다

8

길 떠난 친구

너의 모습이 자꾸 떠오른다

모래 속에 숨겨 두었던
수많은 추억이
요란하게 밀려오는 파도처럼
후벼 파듯 내 마음은 아파져 온다

어느 날
놀고 간 자리를 정리하려다
뒷걸음질에 넘어져서
너의 불알이 터졌다고
웃으며 병원 갔던 일들이 떠오른다

볼 수 없다는 것을 알면서도
네가 너무 보고 싶어
바람이 차가운 겨울 바다
모래 위에 쓸쓸한 발자국을 남겼다.

인연은 그리움이다

그녀의 향기가 넘실대는
하얀 찻잔 속에
미소가 모락모락 피어납니다

바라보는 까만 눈동자
어렴풋이 그려지는 사연 하나
왜 저리도 고울까요

여리디여린 모습 간데없고
잉걸불 같은 마음은
아린 가슴속으로 스밉니다

아,
후루룩 지나가는 세월
아직도 그때의 여음이 설렙니다.

갑장산

호수 같은 하늘을 바라보며
꽃잎 떨어진 꽃길 따라
진달래꽃 만발한 계단 오르니

정상의 어질한 바위 절벽은
가슴을 서늘하게 조여주고
바라보는 고속도로
차들만 바쁘게 기어간다

빙 돌아볼 때 조망은 명산이라
힘들게 올라온 길은
옛이야기로 남게 되겠지!

잠시 바위에 걸터앉아
먼 산에 모든 시름 던져버리고
마음 비우고 사는 게 좋은 삶이다.

님의 안식처

오 남매 곱게 길러 짝지어 주시더니
좋은 날 큰 산 양지바른 산기슭에
흙 지붕 집을 지어 가셨습니다

내 딸 시집가던 전날에는
집 앞에 주저앉아 소리 내어 울었지만
문까지 잠겼는지 아무 대답 없더이다

행여 못 들었나 땅을 치며 통곡하니
나목 위의 새들이 푸드덕 떠나가고
소리 내 불렀지만, 눈물만이 위로합니다

님 옆에 드러누워 슬픔의 잠들 즈음
내 새끼 키우기에 바쁜 나날 보내면서
어른 되어 알고 나니 불효 됨을 알았어요

눈뜨고 돌아보니 석양의 노을만이
애잔한 목소리로 집에 가라 일러줍니다

제목 : 님의 안식처
시낭송 : 박영애
스마트폰으로 QR 코드를 스캔하면
시낭송을 감상할 수 있습니다

삼강주막

슬픈 애환이 서려 있는
회화나무 아래 사각의 집 한 채
길손의 수많은 사연 담은
노 젓는 뱃사공은 간데없고

해 저문 강둑에서
멍하니 흐르는 강물만 바라보며
임 생각에 노을은 지고 말았다

슬픈 사연 가슴속 숯덩이 된
주모는 어딜 가고 보이지 않는데

그임을 위해 꾸며진 관광지
주객은 한 상 차림 받아 들고
횡설수설하면서 추억을 마신다.

두견이의 함성

오월이면 어김없이 찾아오는 너
무슨 사연 그리 많아
앙칼지게 피를 토하듯이 울어대는가?

비록 철새로 한 생을 살지만
카랑카랑한 울림의 목소리
'말씀하세요'라고 반복해 귀를 때리고

나름의 삶이 버겁고 힘들 때
내 마음이 괴롭고 울적하면
아는지 모르는지 더 슬프게 울어준다

절규의 부르짖음은 산울림이 되고
인생은 지나 보면 빈손
가고 오는 것은 세상의 섭리일진대

바람에 흩날리는 송홧가루가
노란 구름처럼 몰아치는 그늘에 앉아
조각난 파란 하늘을 물끄러미 쳐다본다.

찔레꽃

하얀 치마를 곱게 단장하고
수줍은 듯 다소곳이 앉아 있는
여인의 진한 향기가 뭇 사내의 코를 만진다

치맛자락 속을 살짝 들춰보니
올망졸망한 새끼들이
여린 몸으로 키 재기 하며 놀고 있고

어미의 온몸에는 날카로운 가시로
감싸 안은 채 꽃을 피우고
향에 취한 벌 나비를 불러 모은다

비록 외롭게 서 있는 하나의 나무지만
자식을 위한 어미의 위대함을 또 배운다.

메꽃

이슬 내린 길옆에
여린 분홍색의 메꽃이
눈길을 붙잡는다

잡풀의 몸을
나선형으로 동여매고
하늘 향해 기어오른다

보릿고개 그 시절
하얀 속살 꼭꼭 숨기고
배고픔 달래주었던 너

하루를 못 견뎌
시들고 마는 꽃이지만
옛 시절의 추억을 먹는다.

능소화

임 오실까 봐 전봇대에 올라
땅을 향해 긴 목을 떨어뜨린 꽃이여

뜨거운 햇볕 아래 시들지 않고
아름다운 자태를 고이 간직한 여인이여

임 그리워 꽃으로 환생한 왕의 여자
애달픈 사연 많은 여인이여

돌아오지 않는 임을 기다리다가
송이로 낙화 되는 그리움의 꽃이여

나는 더위에 나약해져 가는
너의 가녀린 모습을 넋 놓아 바라본다.

하얀 물안개

하늘엔 먹구름 드리우고
잔잔한 강물에는 소리 없이
부슬부슬 비가 내린다

강을 동여맨 월영교 아래
수없이 동전 물결만
나타났다 지우기를 반복하고

다정하게 걸어가는
우산 속 연인들의 뒷모습
옛 시절이 그리워지네

질투하는 물안개
모든 것을 하얗게 집어삼킨다.

아내의 국화꽃

황금처럼 빛나는 꽃
한 송이 두 송이
그 모습 아름답구나

실바람에 여린 꽃잎
수줍은 듯 미소를 짓는
국화 옆에 앉아서

너의 자태에 취했는지
예쁘다고 입맞춤하는데

행복한 웃음 볼 수 있게
찬 서리 올 때까지
곱게 오래오래 피어라.

단풍을 찾아서

어디선가 부르는 소리가 들린다
귀를 쫑긋 세우고 누군가 했더니 낙엽이다

형형색색의 치장을 하고 떨어지는
낙엽을 보며 먼저 고생했다고 칭찬했다

아름다움은 미소와 감탄사를 나오게 한다
하소연하는 단풍이 며칠 지나면 떠난다

찬 바람 불고 추워지면 못 올까 봐
슬며시 귓속말로 너 참 예쁘다고 말했다

계절이 변하는 것도 자연의 순리인데
너를 찾아온 것은 오로지 보고 싶음 일 거야

하늘재

자연의 위대함을 품은
포암산과 월악산은
그 옛날 그대로인데

마의태자와 덕주 옹주
망국의 한(恨)을 품고서
피눈물을 흘리며
넘었다는 고갯마루

억겁을 지켜온 바위
청명한 하늘의 구름까지
처연한 마음 달래면서

수많은 사연 서려 있는
계림령 숲속 오솔길을
천천히 오르고 내려간다.

산사의 만추

길 따라 떠나는
산사의 아름다움이
눈 호강을 시켜주는데

겨울이 옴을 아는지
곱게 물든 나뭇잎이
한 잎 두 잎 떨어진다

무량수전에 삼배하고
가을을 시샘하는지
골바람이 차갑게 불어와도

단풍에 홀려
바보처럼 멍하니
명봉사 풍경을 눈에 담는다.

가을 끝자락

바람이 심술을 부려
곱게 물든 나뭇잎은
한 잎 두 잎 뚝뚝 떨어지고

한 생을 잘 보냈다고
길 위를 뒹굴고 무참히 밟혀
아파하지도 울지도 않는다

길섶의 억새란 놈은
갈대와 함께 바람 장단에
이리저리 흥에 겨워 춤을 추고

강 건너 사림봉엔
색깔 흐린 단풍으로 채색되고
강물은 가을을 띄워 보낸다.

낙조대

남쪽 끝 진도
해 질 녘 언덕 올라
노을 진 바다만 바라본다

세상 모든 것 밝혀주며
해님이 피곤했던
하루를 마감하려는가

마지막 빛을 발하며
수평선 저 멀리
붉은 피를 토하듯 떨어질 때

나약함 감추려
한 조각 구름이 가려 주고
어둠 내린 하루가 지나간다.

내 고향

덕산에 하늘을 붙잡고
수채화처럼 펼쳐지는
드넓은 들판에 가을을 뿌린다

풍요와 갈맷빛이
쑥부쟁이 꽃을 피웠고
낙동강 찬 바람
느닷없이 볼을 때릴 때

마을은 옹기종기
골마다 정이 피어오르고
어렴풋이 스쳐 간
옛사람이 그리워진다

나는 보았다
두 눈으로 뚜렷하게 보았다
고향이 변하는 것을

다 떠난 들녘마다
태양광시설과 축사뿐
그래도 내 고향은 풍양(豊壤)

제목 : 내 고향
시낭송 : 최명자
스마트폰으로 QR 코드를 스캔하면
시낭송을 감상할 수 있습니다

25

옆지기

하늘이 맺어준 인연인가?
살다 보니 나쁜 일도 있고
좋은 일도 있더이다

오직 나만 바라보며
가지까지 뻗어 놓았더니
다 떠난 현실이 너무 서럽구나

지난날의 잘못된 기억들
곁에 있어 달라며
장독대 정화수에 빌어주었지

구름에 달 가듯이
훌쩍 가버린 인고의 세월
내 마음 알아주는 이는
오직 옆지기 혼자뿐인 것을

봄의 길목

오솔길 따라 봄이 왔나 보다
길 가장자리엔 새싹들이
실눈 뜨고 날 보라고 윙크한다

성질 급한 매화가 꽃을 피우고
산소 주변에는 할미꽃이
허리를 펴지도 못한 채 앉아 있다

이름 모를 아주 작은 노란 꽃도
봄이 왔음을 알려주고
실개천엔 버들강아지 나목 위엔
박새가 노래하며 춤을 춘다

시샘하는 봄바람 차게 불어오는데
하늘 위의 솔개가 빙빙 돌며
봄이라고 연애하면서 알려주더라

오 남매

어미의 탯줄에 잉태하여
시시각각 태어나 하나가 없다면
삶에 얼마나 불편하겠는가?

삶에 시달려 이마엔 밭고랑이
머리에는 찬 서리가 내렸으니
남은 인생 계산기가 없더라

희망도 행복도 모두가 허상이고
보이지 않으니 붙잡지도 못하고
구름처럼 강물도 흘러만 가는데
내 몸이 노화인 걸 누구를 탓하랴?

다섯 손가락 건강해달라고
돌부처에 합장해 빌었더니
대답 없는 메아리뿐이고
반지의 아픔에 인지가 아파져 온다.

너를 원망하지 않을게

꽃샘추위가 몰아치던 날
들판에서 춥다고 아우성치며
산고에 살려달라 애원했겠지

잉태의 환희는 사라졌고
씨방을 해부했을 때는
까만 흔적뿐이더라

피우지 못한 그 많은 자식을
동사시킨 슬픔은 더해가는데
하늘이 저주해도
더 많이 사랑한다고 말할게

자식 잃은 너는 애통하겠지만
촌노는 뒤척이며 내년을 꿈꿀 때
내 가슴이 아파져 오는 긴 밤을

새봄

엄마가 다니는 밭두렁
아빠가 다니는 논두렁에도
새싹들이 실눈 뜨고
날 보라며 슬쩍 윙크한다

성질 급한 홍매화 꽃을 피우고
할미꽃은 수줍은 듯
등 굽은 할미처럼 반겨준다

노란 풀꽃 봄을 치장하고
실개천가 복슬복슬한 버들강아지
살랑살랑 꼬리를 흔드니
박새도 장단 맞춰 날갯짓한다

나비와 꿀벌은 꽃밭에서
포옹하며 사랑 노래 불러주는데
푸른 하늘 뭉게구름 손뼉을 친다.

모란이 필 때

뜰 앞의 청아한 자태
인고의 기다림에 지쳤는지
수줍음의 모습 살짝 보여준다

아주 작은 빨간 핏덩이
초기의 생명으로 잉태하여
하루가 다르게 만삭의 여인으로
세상을 보게 되었구나

아름다움에 진취 되어
왕자의 품격을 지녔다며
부귀영화를 누린다고
어느 누군가 말을 했었지

참고 기다리면 좋은 세상
온다는 것을 모란이 말해준다.

그 길

수십 년 동안 신발창이
닳고 닳도록 어머니가 다녔던
추억 속 그 길

병아리보다 더 귀엽고 앙증맞은 발로
아장아장 걷는 예쁜 손주 보며
건강하게 잘 살아달라고
저 멀리 푸른 소나무 아래서
웃음 지며 기도하셨던 어머니

산모퉁이 돌아 좁다란 그 오솔길
초로에 바지 젖을까 봐
조용히 말씀하시던 감미로운 목소리가
지금도 귓전에서 맴을 돕니다

세월 따라 변해버린 그 길
틈틈이 당신의 발자국 따라
뭉클한 가슴 조이며
그날의 기억들이 나를 울립니다.

솔방울 인연

긴 머리 뽀얀 얼굴
반들거리는 까만 눈
뒷동산 솔나무 아래
정이 든 너와 나

해 뜨면 누가 볼라
멀리서 손짓하고
정 주었던 너

옛 추억
아련히 스치고
깔깔대며 웃어주던 너를
철부지 불장난 인연이라고

아린 아픔 가슴속에 묻고
지난 세월을 탓하지

훗날 만남을 소원하며
애절한 보고 싶음
가슴 저미는 긴 밤을

쌍절암의 두 여인

암벽에 새겨진 쌍절암(雙節巖)
순절한 시누이와 올케
한 품어 바위 절벽에 낙화 되었건만

저 멀리 윤슬 일렁이는 강물
모래섬엔 백로가 미동치 않다가
절개를 지키려 나래를 폅니다

음지의 샛바람 차가운데
강물에는 청둥오리 자맥질 이어지고
애잔한 마음 멍하니 홀긴 듯
강 건너 외산을 바라볼 때

슬픔은 강물 되어 흐르고
저버린 나라 왜 원망이 없으리오
왜란에 가슴 시린 한(恨)을

어림호

에움길 돌고 돌아 고즈넉한 산 위에
커다란 인공호수 하나 있다

오염되지 않은 맑은 공기
넘실대는 서늘한 바람이 너무 정겹다.

쪽빛 호수에 비친 한 폭의 산수화
구름은 거꾸로 매달려 일렁이고

남은 전기로 호수에 가득 채워진 물
다시 아래로 흘려 전기를 만든다네

그 옛날 전설이 살아 있는 꾸며진 명소
이름하여 예천 양수발전소 상부댐이다.

울림

밤새 비가 내린다
목마른 대지에 입맞춤하며
생기를 불어넣는다

촉촉이 젖은 산과 들에
어린 새싹들이 덩실덩실 춤추고
배 꽃봉오리가 터질 듯
때를 기다리며

어느 때고 솔향에 취해
꽃이 흐드러진 에움길을 걸으며
짝을 부르는 꿩의 울음소리는
그칠 줄 모르고 꿩꿩 꿩

애타게 부르는 꿩이
내 마음을 함께 울려준다

청아한 숲속 소나무 아래서
올려다본 파란 하늘 위
꿩의 울음소리가 울려 퍼진다.

제목 : 울림
시낭송 : 박영애
스마트폰으로 QR 코드를 스캔하면
시낭송을 감상할 수 있습니다

36

미륵이 된 인조 과일

새집 지어 잘 살라며
먼 길 마다하지 않고 두 손에 들고 오신 보물
냉장고 위 덩그러니 올려진
두 그루의 나무엔 진짜 같은 인조 과일

십오 년의 세월 동안 그 자리에서
우릴 지켜주신 고귀한 마지막 아버지의 선물이다

임 떠나고 없는 빈자리
시아버지의 유품이라며
씻어주고 닦아주는 며느리
고이 간직하려는 섬김에
지금도 변하지 않은 색깔이 너무 곱다.

아이들의 볼같이 예쁜 사과 여덟 개
색깔 고운 감귤 여덟 개는 임의 바람일까?
현실로 이어진 보살핌의 혼령이 시려 있다

이 아들은 텅 빈 마음으로
온밤을 지새우며 쳐다보고 눈물을 참아 봅니다

거실 공간에서 삶의 단안을 알려주시고
가족의 평안을 지켜주시는
미륵으로 지켜준다는 것을

제목 : 미륵이 된 인조 과일
시낭송 : 박영애
스마트폰으로 QR 코드를 스캔하면
시낭송을 감상할 수 있습니다

37

한 쌍의 독도

높은 파도 거센 물결이
망망대해를 거쳐 무섭게 달려든다

저 멀리 수평선은 파란 하늘과
구별하기 어렵고 자맥질이 이어진다

동도와 서도 두 봉우리 마주 보고
갯바위에 부딪히는 작은 물거품

우리의 영토 동쪽의 땅끝 독도
애국의 상징 모두가 지켜야 한다

새우깡에 괭이갈매기 떼 소리치며
대한민국이 주인임을 알려준다

가슴에 한이 서린 우리 민족은
왜인을 진즉부터 저주한다는 것을

강물 같은 세월

낙엽 쌓인 둘레길 전망대
절벽 아래 낙동강 물은
소리 없이 쉬지 않고 흘러가고

물끄러미 한참을 내려다볼 때
모래 위의 맑은 물이
바람에 떨어진 이파리와 함께
멀리 여행을 시작한다

바위에 부딪힌 세월처럼
말없이 갈 길을 가는 강물
위에서 아래로 밀려가야겠지

바람에 나부끼며 떨어진
낙엽처럼 쓸쓸하게 가는 것은
생을 조용히 마감하려 함이겠지

죽녹원

하나같이 하늘을 향해
빼곡히 키재기를 하나 보다

하루에 어린아이의
키만큼 큰다는 대나무

춥고 더워도 변함없이
푸르름을 간직한 채

곧고 올바름을 알려주고
옛 선비도 삶을 배웠단다

일렁이는 잎 사이로
햇빛이 윤슬을 만들고

감탄사 빽빽하게 자아내며
대숲에서 죽 향을 마신다.

붙잡지 못한 시간

한 해를 보내기 싫어서
아침부터 태양이 유난히도 창문으로
눈부시게 빛을 뿜어댄다

흘러가는 건지 밀려가는 건지
아쉽다 아쉽다 했지만
슬그머니 다 지나가고 말았다

다시 돌아올 수 없는 마지막 날
보내기 아쉬워 붙잡아 보려고 해도
뿌리치듯이 외면하고 돌아선다

내일을 꿈꾸며 살아야 하는 시간
해 뜨면 하루가 시작되고
어둑해지면 하루를 마무리하겠지

나쁜 일 좋았던 일들은 주어진 대로
살아야 하는 삶도 살다 보면
하루는 금방 지나고 또 내일 오겠지

먼 여행길

술이라면 세상을 움켜쥔 듯 살아가신 님이시여
오늘은 임이 너무 보고 싶고 그립습니다.

마지막 가실 적 실눈 뜨고 보시더니
뭐가 그리 바쁘셨는지 슬픔만 남겨두고
돌아올 수 없는 먼 여행길을 떠났습니까

보내는 서러움에 남몰래 울었지만
임은 뜨거운 불 속에 목욕하고
한 줌의 가루가 되어 차디찬 땅속에
가족을 남겨두고 천년 집으로 가셨습니다.

누구나 한세상 살다가 가는 것을
이제는 술도 없고 말리는 이들도 없으니
저세상에서 편하게 지내시길 빌겠습니다.

빈손으로 태어나 빈손으로 가셨지만
임이 남겨놓은 분신들은 잘살고 있습니다.

한 줌 재로 훌쩍 떠나신 임이시여!
아~ 그립습니다.
너무 보고 싶습니다.

팽목항

세월 속에
찢긴 노란 리본들
부두 난간의 깃발은
찬 바람에 찢어지고

노란 리본의 글귀들은
눈시울 적시는데
통곡하며 울던
그들은 어디에 있는지

흔적 사라진
부두에는 바람만 차고
빨간 등대
외로이 서 있더라

팽목항의 바다는
말이 없는데
304위 영혼은
원망의 눈물만 흘린다.

삶의 흔적

안개 낀 좁다란 공간에서
발가벗은 알몸의 웅성거림에
울림의 온천욕을 즐기고 있다

김이 모락모락 피어나는 열탕엔
벌게진 살결이 인내를 말해주고
온탕에 몸 담그고 사색에 잠긴다

탕 속에서 멍하니 나도 모르게
눈동자는 슬쩍슬쩍 곁눈짓으로
나체의 움직임을 따라다닌다

수술 자국뿐인 볼록한 배
축 늘어진 껍데기뿐인 팔과 다리
멍든 엉덩이는 뼈만 앙상하고
삶의 무게에 짓눌린 모습들이다

늙어감도 잊은 채 웃고 있지만
오직 가족을 위해 살아온 흔적뿐
인생의 허무함을 깨끗이 씻어 보련다

제목 : 삶의 흔적
시낭송 : 박영애
스마트폰으로 QR 코드를 스캔하면
시낭송을 감상할 수 있습니다

송 린

큰 무덤가 아름드리 도래솔
푸름을 간직한 채
쩍쩍 갈라진 삶의 흔적
인고의 아픔은 고름 되어 흐른다

햇발에 찬 서리 사라지고
솔가지 매달린 수많은 사연
땅속 깊은 곳으로 꼭꼭 숨긴다

솔바람 부는 날이면
이파리들은 윙 윙
은은한 함성처럼 소리치며
당당하게 살아가는 소나무

그 옛날 추억들은 옹이가 되었다.

제목 : 송린
시낭송 : 박영애
스마트폰으로 QR 코드를 스캔하면
시낭송을 감상할 수 있습니다

봄의 여신

첫 달이 어제 갔더니 벌써 봄입니다

마음만 바빠지는 계절
내 마음도 걱정이 되어 설렙니다

봄의 여인은 저쯤에 숨어
겨울의 남자를 쫓아내려고
애교와 앙살로 수작을 부립니다

그것도 모르는 추위란 놈은
이불 덮고 두려움에 누워 있지만
따스한 온기에 서서히 쫓겨나겠지요

첫 달부터 무섭게 변해버린
우한 신종 코로나란 놈이
세상을 쑥대밭으로 만들고 있습니다

봄의 여신이여!
그 귀신같은 바이러스 놈을
찬 바람에 저 멀리 날려 보내주세요

빈자리

가파른 언덕길 헐떡이는 숨소리
뒤에서 밀어주니 좋다며 웃어주고
힘듦을 아는지 이정표가 쉬어 가라 합니다

전망대에 주저앉아 물 한 모금 입에 물고
주름진 외산 돌아 흐르는 강줄기 바라볼 때
해거름의 소소리바람이 두 볼을 차게 하네요

부질없이 지나온 그늘진 삶 속에서
부부의 연을 맺은 지 반백 년이 다가오고
자식 짝지어 떠나보낸 빈자리에 남은 것은
늙어가는 당신과 나뿐이란 것을 압니다

내 어찌 착하게 살아온 삶을 왜 모를까요
애물로 살아온 나를 원망하며 살지언정
나는 진정으로 사랑했노라 말하고 싶습니다.

달의 미소

까만 밤 처마 끝에
까꿍 하고 나온 달이
뭐가 좋은지 나를 웃게 한다

웃다가
또 전깃줄에 걸렸구나
한참을 벼거든 거리더니
풀려난 저 달이 따라온다

추위에 떨고 있는
수많은 별이 놀자 하는데도
싫은지 나만 따라오네

까만 밤 행여 저 달이
별과 싸운 건지
시무룩한 얼굴로 함께 걷는다

산책길 따라

여명이 어둠을 뚫고 해를 띄운다
감은 두 눈을 지그시 뜨고
구부정한 산길 따라
나는 우거진 솔밭으로 들어간다

나무 사이로 햇살이 스며들고
솔향이 온몸을 감싸 안을 때
한 모금의 상큼하고 신선한 공기가
두 팔 벌린 내 가슴 속으로 들어온다

나를 닮은 저 소나무 가지마다
인연의 끈 걸어놓고
고뇌에 멍들었던 삶을 나눌 수 있는
내 영혼이 깃든 그 산책길이 좋다

사시사철 푸르고 굳건한 나무들은
버거운 삶의 무게를 덜어주고
한없이 나약하고 초연한 나에게
오늘도 그 산을 편하게 오르라 말한다.

이곳에서 살고 싶다

억겁의 수많은 사연은 묻어 두고
온기를 지피는 청솔 타는 연기 따라
사라져가는 마을에는 잡초만 무성하여
초라한 현실이 슬픈지 구름마저 울고 간다

스쳐 간 인연들은 고운 정 남겨놓고
그 시절의 흔적은 모두 어디로 갔는지
비바람에 무너져 버린 집들이
유령처럼 남아서 서먹서먹해진다

물 흐르는 도랑에는 버들강아지 실눈 뜨고
겨울잠에서 깬 개구리의 헛기침 소리에
길고양이 귀를 쫑긋 세우고
참새는 텅 빈 폐가에서 짝을 찾아 노래한다

봄비 내린 마을에 연둣빛 새싹들이
희망으로 가득 채워질 날을 기다리며
내가 나고 자란 이 땅 이곳에서
글 밭을 가꾸는 시인으로 살고 싶다.

봄비의 소중함

온종일 내렸던 비가
얼었던 대지를 흠뻑 적시고
물을 머금은 흙은 배가 불러온다

눈 비비고 배고파 칭얼대는
자식한테 서서히 젖을 먹이고
따뜻한 밖으로 뛰어놀게 하였다

파릇한 혓바닥을 날름거리며
하나둘 얼굴을 보이면서
자식에게 뼈와 살을 만들어
험한 세상을 보면서 살라 하고

이것이 살아가는 이치이며
호락호락한 삶이 아니란 걸
흙은 깨우쳐 주면서 자라게 한다

비의 소중함을 잘 아는 흙은
땅속에 잔뜩 저장해 두고서
인간과 동물이나 식물에
골고루 나눠 희망을 주고 있다.

봄은 옵니다

하늘도 서러운지
온종일 눈물을 흘리고
햇볕과 바람도
겁에 질려 숨었나 봅니다

봄도 오다가 주춤합니다
애꿎은 새싹과 꽃도 숨죽이고
잠들면 무서울까
차라리 잠들지 않으려 합니다

사이비의 숨김은 나날이 더해가고
소름 끼치는 공포가 밀려들어
이 시간이 두렵습니다

꽃피고 새가 우는 봄이 오면
병마에 힘없이 쓰러지는 이들이
신음하는 고통 속에서 벗어나
행복을 노래하길 소망해 봅니다.

제목 : 봄은 옵니다
시낭송 : 최명자
스마트폰으로 QR 코드를 스캔하면
시낭송을 감상할 수 있습니다

결혼기념일

인연이 되어 살아온 지
벌써 사십육 년 전의 그날입니다
세월은 언제 지나갔는지
당신과 내가 남아 있을 뿐이요

애지중지 키운 자식 삼 남매
어느새 짝지어 떠나보낸 빈자리
손주들이 오고 가지만
벽을 채운 사진만 있을 뿐입니다

부귀영화로 살 것 같더니
인고의 삶은 가슴속에 숨겨두고
이제는 후회로 남아 참 괴롭습니다

늙어가는 당신과 나
부부로 맺어진 결혼한 날
이날엔 외식이라노 했었는데
코로나란 괴물이 훼방을 놓습니다

당신이 시집오던 날부터
고생시키고 속 태웠던 지난 일들은
다 잊고 커가는 손주들 보면서
남은 인생 둘의 시간으로 살아가요.

제목 : 결혼기념일
시낭송 : 박영애
스마트폰으로 QR 코드를 스캔하면
시낭송을 감상할 수 있습니다

멈춰선 친구

따뜻한 봄날
외로움 달래러 함께 온 친구
대청마루 벽에 걸터앉아
쉬지 말고 달리라고 일러 주었다

두 입으로 밥을 주면
그칠 줄 모르고 움직이는 추
밤낮으로 양볼을 때리고
울림은 하루를 알려 주었다.

변화의 물결로 조용히 밀려나
끈끈한 정을 떼지 못한 채
어두운 창고 구석진 곳에서
멈춰 버린 너를 멍하니 들여다본다

버거웠던 삶을 지켜보면서
긴 세월 한 가족으로 살았다고
가슴 시린 사연을 담아두고
너의 고마움에 활짝 웃음 짓는다.

자화상

일흔이 넘은 늙은이가
주책없이 시를 쓴다고 할 때
모두 핀잔을 주겠지
그래도 꼭 도전해야만 된다

밤늦도록 컴퓨터를 켜고
휴대전화만 만지작거리면서
한 편의 시를 적어 본다

역류성 인후염으로
쓰라린 고통을 참으면서
내일 죽을지언정 글을 써야 한다

마음먹은 것은 꼭 해야 하는
성격 탓일까 고집일까?
다 버리면 그만인 것을
혼돈된 마음을 조용히 달래 본다.

들녘을 걸으며

논바닥도 밭에도 텅 빈 벌판까지
논둑 밭둑의 풀들도 죽어 있지만
물 내리는 도랑에도 버들강아지 눈을 뜬다

모두가 겨울잠에 기지개를 켜더니
눈은 반쯤 뜨고 하품하는데
새들도 먹이 찾아 텅 빈 논바닥을 헤맨다

경계 없는 땅에는 짐승들의 놀이터
양지바른 언덕에는 잡풀만이
파릇한 입 벌리고 손뼉 치며 노래한다

봄비 오면 빈 땅에도 새싹들이
작년처럼 또다시 채워지겠지
봄 기다리는 마음으로 들길을 걸어 본다.

발길을 돌리자

한때는 그래도 즐거웠지만
살아가다 어느 순간 험난한 길을
싫어도 가야 하는 나의 삶이 미워진다

한 가닥 기대에 사로잡혀
하루하루 속아서 살아온 날들
삶이 너무 버거워 비우려고 했었지!

너무 끔찍한 그때의 내 모습이
왜 그리도 싫어졌는지
꿈같은 지난날의 시련 속에서
참고 버티어 나온 게 대견스럽기도 하다

다시는 그때를 반복하지 않기를
지친 몸으로 굳게 다짐하며
옆지기랑 오손도손 이곳에서 살고 싶다.

홍매화

코로나로 답답한 날 오후
따스한 봄기운이 감돌고
파란 하늘이 걸터앉은 경천섬

어쩐지 조용할 것만 같았던 섬엔
봄 따라 차량과 나들이객
코로나를 잊었나 빈틈이 하나 없다

널따란 섬 안에 새싹들이
파릇하게 여기저기 목을 내밀고
외로이 서 있는 홍매화 한 그루

빨갛게 꽃만 매달려 피었고
신기한 듯 매만지는 보드라움이
여인의 볼같이 아름답고 귀엽더라

여인의 입술

파란 하늘이 햇볕을 던지고
온기에 놀란 대지가 꿈틀거리며
산자락 따라 연분홍빛으로 물든다

꽃샘추위 올까 두려워하면서도
민낯의 옷을 입은 여인들이
실바람에 뒤엉켜서 하늘거리는데

길 따라 줄 이은 등산객은
꽃보다 더 화려해서 분간키 어렵고
여리디여린 꽃잎은 그 여인이었다

가지마다 은은한 향기 매달아 놓고
웅성거리는 벌 나비는
송이마다 풋풋한 사랑을 심어 놓았다.

봄의 유혹

노란빛으로 막 뛰어온 여인들이
내 마음을 설레게 하며
산과 들에 오라고 손짓을 보낸다

거친 숨 몰아쉬며 오르는 길섶에
개나리가 눈을 배시시 뜨고
새싹들 파릇하게 빤히 쳐다보네

생강나무는 노란 립스틱을 바르고
옆에서 질투하는 산수유꽃이
온몸을 치장하고 노랗게 웃어준다

양지바른 언덕에 진달래 히죽거리며
여기저기 눈길 주기도 바쁜데
스치는 계절에 봄꽃은 참 아름답다.

애타는 마음

바닷가 언덕에 홀로 서서
정만 주고 떠나신 임 오시려나
저 멀리 바다만 바라보다
검게 타버린 여인이 애처롭다.

기다리는 임은 오지 않고
멍하니 수평선만 바라볼 때
밀려오는 파도가 절벽을 때려
여인의 애가 탄 얼굴을 새겼다.

암벽 위 숲은 가을로 물들어
노을 따라 치장하고
물결치는 바다에 어둠이 내려지면
집 찾아 갈매기 떼 날아가겠지

긴 세월 비바람에 멍이 든 여인
한 가닥 희망으로 여기에 서 있다.

남자의 눈물

굴곡진 인생은 노을로 물들고
긴 시간의 터널을 벗어나려
나 자신을 탓하고 미워했지만
남루했던 삶을 가슴속에 묻어 둔다

가난의 설움은 뼛속에 스며들어
지울 수 없는 흔적의 설렘은
왈칵 쏟아지는 미안함의 눈물로
구멍 난 내 가슴을 들쑤신다

햇볕이 차가운 아침을 데우는데
며느리의 생일을 잊지 않으려
눈물로 글을 주고받으며
목이 메어 말을 이어 갈 수 없었다

너의 착한 마음을 고이 간직하며
내 삶의 선물로 허물없이 살아다오.

경천대에서

벚꽃은 떨어져 땅을 내리치고
터질듯한 영산홍 꽃봉오리
봄이 부러운지 빼꼼히 쳐다본다

들판을 가로지른 낙동강 물은
상주보에 갇혀서
흘러가고 싶다며 하소연하고

솔 향기 실어 달려온 산바람
쌓인 먼지 뺏어가고
맑은 공기 폐부로 들어가
내 몸을 말끔히 씻어주려 한다

기억을 더듬어 보는 시간
쌀쌀한 날씨가 양볼을 꼬집고
외산을 넘어 노을이 물들면
경천대의 하루를 가슴속에 숨긴다.

하얀 여인

겨우내 곱게 다듬고 길렀더니
하얀 웃음 지으며 고왔던 너
봄바람에 쫓겨난 추위가
찰나에 꽁꽁 얼려 버렸구나

따뜻한 봄날 꿀벌과 연애하여
임신까지 되어 좋아했는데
드리운 그 모습에 깜짝 놀라
미친 듯 이곳저곳으로 돌아보았지

너의 배를 해부할 때
하나같이 씨방은 까맣게 변하여
싸늘한 죽음으로 굳어 버렸고
꽃잎에 흘린 눈물 멍들어 울었다

피워보지 못한 삶에 억장이 무너지고
내 마음이 아파도 너무 아파
자식 잃은 그 마음 누구를 탓하리
내년의 희망으로 헛헛한 웃음 짓는다

너무 사랑한 그대

당신이 너무 좋아서
너무 보고 싶고 사랑했기에
참 많이도 찾아갔었는데

튼실한 당신의 등을 타고
포근한 가슴에 안기려
내 몸이 땀에 젖고 다리가 아파도
사랑의 쾌감을 맛보았지

철철이 예쁜 옷 갈아입고
내가 오기만 기다렸기에
난 당신을 너무 사랑했었다오

늙어가는 내 몸이 부실해
당신의 등을 걸을 수도 없으니
멍하니 그리움에 사로잡혀

단풍 옷 입은 당신 곁으로
떠 있는 저 구름 빌려 타고
설레는 마음으로 달려가고 싶소

제목 : 너무 사랑한 그대
시낭송 : 박영애
스마트폰으로 QR 코드를 스캔하면
시낭송을 감상할 수 있습니다

65

낙동강 둑을 걸으며

개구쟁이 친구들과 물장구치며 놀던 강
금빛 반짝이는 모래사장에서 송아지처럼
뛰어놀던 어머니 품 같던 너른 낙동강은
아무리 둘러봐도 옛 자취를 찾을 수 없다

4대강 개발로 사라진 유년의 놀이터는
흐르던 물들의 후예가 말없이 갇혀 있고
넓은 바닥에는 이름 모를 억센 잡초들만
머리끄덩이를 잡고 흔들며 싸움질한다

오와 열을 맞춰 곧게 뻗은 강둑길에는
연분홍 벚꽃이 흐드러지게 피었고
꽃바람 타고 물 위에 사뿐 떨어진 꽃잎은
박새처럼 포르릉 물장난하며 놀고 있다

강물의 흐름을 막아 사라진 모래사장
귀신보다 무서운 바이러스에 갇힌 삶
꽃바람에 함박웃음 짓는 봄꽃들처럼
모래사장은 반짝, 웃음은 활짝 피길 빈다

그 옛날 여름밤

시골 마당에 멍석 깔고
잡풀로 모깃불 피우면서
어우렁더우렁 인심 좋은 이웃사촌

땀에 찌든 몸을 우물에서
바가지로 물을 퍼서 등목하고

석유 등잔에 호롱불 밝혀 놓고서
옥수수 삶아 함께 먹으며
밤이 즐거웠던 그때 그 시절

밤늦도록 하늘만 쳐다보며
반짝이는 별들만 세다가 잠이 들면
찬 이슬이 잠을 깨웠다네

미루나무

강변에 홀로 서 있는
키다리 나무는 외로움에 지쳐
흘러가는 강물 바라보며

수많은 여린 잎새 피워 놓고
떠나보낸 임 보고파서
그리움에 키만 컸나 보다

먼 산 바라보다 고개 들어
우듬지를 바라볼 때

이파리는 햇빛에 반짝이고
잎새 이는 바람 피리를 분다.

빨간딱지

한 사내의 장밋빛 꿈이
송두리째 뽑힌 날
벼랑 끝에서 몸을 바람에 맡기고
애간장 타는 가슴은 찢어졌다.

아픈 기억을 잊으려 잊으려고
애를 쓰면 쓸수록
길 잃은 먹구름처럼 밀려오는
쓸쓸한 눈물을 흘려야 했다

시련의 슬픈 날은 가고
고목의 초연한 옹이처럼
꼬부라진 인생의 침묵 속에서
그날의 회한에 잠겨 본다

구멍 뚫린 빚 주머니의
아픈 기억을 벗어 잉걸불에 던지고
울컥거리는 삶의 애환을 태우며
활짝 핀 숯불처럼 웃고 싶다.

관세암에서

암벽에 위태롭게 정좌한 암자
앙증맞은 법당에 삼배하고
난간에 앉아 흐른 땀을 닦는다

인정 많은 주지 스님
정성 담긴 차 한 잔 받아 놓고
확 트인 산천을 눈 속에 담아 본다

구불대며 기어오는 낙동강 줄기
모래섬엔 백로들이 노닐다가
절개를 지키려 나래를 편다

시원하게 불어오는 강바람이
경치 좋은 대동산을 벗 삼아
자연을 탐하고 염불 소리 듣는다

※ 관세암은 예천군 풍양면 우망리에 있는 작은 암자이며
  예천 쌍절암 생태숲길 (둘레길) 중간지점에 있습니다.

흔적을 만진다

어느 날 무심코 서랍 속에서
고이 간직한 사각의 검은 물체
한때는 예뻤던 그 날의 애장품
그 시절의 추억이 고스란히 서려 있다

지금은 외면당한 서러운 너
사진기와 디카를 넘어 폰카로
흐릿한 풍경들 앙증맞은 자세
찰칵하는 찰나 기억을 오롯이 숨긴다

그립다던 마음은 어디로 달아나고
자연의 아름다움을 놓일세라
실 잃은 사슴처럼 먼 곳을 바라보며
삶의 풍경화 한 폭을 채색한다

너와 나 인연의 끈으로 엮어서
먼 산도 일으키고 세우는 너는
나의 꿈을 고이 간직하여
먼 훗날 꺼내 볼 흔적을 담고 있다.

은사시나무

실바람이 불어오는
논두렁에
무리 지어 서 있는
너는

이 더위 때문인지
아니면
무슨 죄를 지었는지
왜 떨고 있는지 궁금하네

서로의 간격을 유지하며
잎자루가 길쭉한
작은 잎새는
쉬지 않고 비틀댄다

윤슬처럼 반짝이는
이파리가 애처로운 듯
사그락사그락 속삭이며
햇볕을 안고 은빛 춤을

아내의 긴 머리

바람에 하늘거리는 긴 머리카락
내 마음 홀리어서 당신을 택했지
그때는 왜 그리 예뻤든지 말입니다

우리의 사랑이 무르익어
인연을 맺은 지 수많은 시간이 흘러가고
고왔던 모습은 찾을 수가 없었습니다

호강시켜 준다는 그 말은 도망가고
삶에 찌든 헝클어진 머리카락 보면
괜히 속상하고 가슴이 미어집니다

그 시절의 고왔던 모습 떠올리며
이름 모를 공원 벤치에서
설레는 마음으로 한 편의 시를 써봅니다.

여로

한때는 그래도 즐거웠지만
살아가다 어느 순간 험난한 길을
싫어도 가야 하는 나의 삶이 미워진다

한 가닥 기대에 사로잡혀
하루하루 속아서 살아온 날들
삶이 너무 버거워 비우려 했었는데

너무 끔찍한 그때의 내 모습이
왜 그리도 싫어졌는지
꿈 같은 지난날의 시련 속에서
참고 버티어 나온 게 대견스럽기도 하다

다시는 그때를 반복하지 않기를
지친 몸으로 굳게 다짐하며
옆지기랑 오손도손 이곳에서 살고 싶다.

개망초

꽃 피우려 몸부림치던 날
단비가 밤새 내렸지

시들어가던 초목들은
나보란 듯이 활짝 웃음 주고

여기저기에 무리 지어
하얀 옷 노란 속살 드러내어

불어오는 바람 껴안은 채
오뚝이처럼 춤을 춘다.

뻐꾸기

잠시 배나무 아래에 앉아서
조각난 하늘을 올려다본다

따가운 햇볕을 가리려는 구름이
왜 저리도 고마워지는 걸까

아름답고 반가운 구름처럼
때로는 한 조각의 퍼즐을 만든
그늘 밑에서 나의 삶을
뒤돌아보는 쉼의 시간이다

앙칼지게 울어대는 저 소리는
탁란을 지키려는 울음의 소리다

뻐꾹 뻐꾹 뻐 – 뻐꾹 하하 하
웃기까지 하는 뻐꾸기 노래가
이마에 흐른 땀을 닦아준다.

새벽 비

유월의 마지막 날
밤새 땅을 두드리며
장맛비가 고요를 깨운다

잠들지 못한 뇌리에는
수많은 사연이
찰나에 왔다가 사라지고

그때의 모든 인연은
저 멀리 떠나가고
그날의 기억에 눈을 감는다

미치도록 보고 싶은
영화의 주인공처럼
회한에 긴 밤을 새운다.

단양의 밤

낮 동안의 피로가 쌓여
잠들지 못하고 뒤척이는 숙소에
밤의 고요가 잔뜩 밀려든다

수많은 생각이 이리저리 헤집고
머릿속을 마구 뒤흔들어댄다

모두가 잠든 새벽 시간
창밖의 오색 가로등 불빛이
졸림에 깜빡이며 이 밤을 지키고

산과 하늘이 하나가 되는 곳
반짝이는 별이 떨고 있는
단양의 밤은 까만 새벽을 깨운다.

장마

비 오는 에움길 따라
뭐가 그리 좋은지
흥얼거리며 콧노래 부른다

며칠간 계속 내린 비로
파리한 농작물은
일어나지 못하고 누워 있다

우산 속 스며드는 생각들
저 멀리 밀려오는
비구름이 괜히 미워진다

그칠 줄 모르는 장맛비는
지루하게 이어지는데
햇볕이 그리워지는 산책길

목적지 없이 떠나는 여행

그래도 함께 갈 수가 있는 친구
난 자네가 있어서 너무 좋아

무작정 친구 부부와 함께
넷이서 목적지 없이 찾아가는 여행

파노라마처럼 펼쳐지는 차창 풍경들
에어컨 바람은 차게만 느껴질 때

저 멀리서 바닷바람이 파도를 타고
시원하게 불어와서 감탄사를 연발한다

배고픈 줄도 모르고 주고받는 얘기
여행이나 하면서 조용히 살아가세

배롱나무

비가 부슬부슬 내리는 날
입교당 뒤뜰에
화사한 선홍빛 꽃을 피웠습니다

백일동안 꽃송이를 피우며
길 떠난 유생이 그리운지
여린 꽃잎은 빗방울에
축 처진 채로 애처롭습니다

4백 년의 긴 세월은 짧은지
어찌 한 자리를 지키시며
수많은 선비를 길러내셨습니까

매끄러운 줄기에 꽃을 피워
계절을 참고 기다리는
청렴과 부귀를 임께 배워 갑니다.

제목 : 배롱나무
시낭송 : 최명자
스마트폰으로 QR 코드를 스캔하면
시낭송을 감상할 수 있습니다

가을밤의 빗소리

여름을 보내는 슬픔보다
찾아온 가을의 기쁨일 거다

이 밤도 어둠을 때리며
서글프게 울부짖는 저 소리는
창문으로 들어와 잠을 깨운다

밀려오는 찰나의 생각들을
머릿속에 잔뜩 풀어헤쳐 놓고
이 생각 저 생각으로
불 켜진 방에는 고요만 흐른다

가을 장맛비는 떠날 줄 모르며
비에 젖은 어둠은 더해가고
서글픈 밤은 언제쯤 밝으려나

하늘 자락 공원

고즈넉한 산 위에
널따란 인공호수가 하나 있다

나선형 전망대 올라서니
산천의 아름다움이
두 눈을 호강시켜주고

파란 하늘 뭉게구름
저 멀리 산 위에 피어올라
한 폭의 산수화가
펼쳐지는 하늘 자락 공원

서늘한 산바람이
오염되지 않은 맑은 공기를
등에 업고 다가와서
상부댐 호수에 윤슬을 만드네

확 트인 창공을
새처럼 날고 싶은지
삶에 찌든 옆지기 두 팔 벌려
아, 너무 좋다.
가슴속 응어리 토해내듯

나각산

아직도 초록의 나무들이
가을이 온 줄도 모르는지
한가로이 그들의 삶을 즐긴다

전망대 올라 둘러본 들판은
황금빛으로 물들고
에움길 같은 강물 가을을 띄운다

산에서 내려가기가 싫은지
여유로움에 주저앉아
포도 한 송이 다 먹고 나니

촘촘하게 들어선 소나무 사이로
갈바람 땀에 젖은 등줄기를 말리며
배려하는 자연은 나각산이다.

갈바람

여름이 어느새 지나갔는지
코로나로 숨죽이는 날
잘 가란 인사도 못 했네

더위 떠난 자리에
선선한 가을이 자리 잡고
들판의 곡식이 익어가는데

길섶에 코스모스가
실바람에 춤을 추니
아, 가을은 너무 좋더라

심상

찾으러 떠나자
어디로 가는지도 모르고
이유 없이 목적지 없이

마음 내키는 대로
길 떠나는 나그네처럼
그냥 무작정 찾아가는 거다

가다가 보면 우연히
얻고 싶은 거
하나쯤은 찾아오겠지

아무 생각 없이
무엇을 얻으려는가

시어 하나 찾으려고
정처 없이 떠나 보는 거다
내 것도 아닌 것을

가슴에 심은 사랑

어머님 먼저 먼 길 떠나보내시고
먼 산 바라보시던
외로운 눈가에는
속 울음만 글썽이셨습니다

아버지 얼굴에 흐르는 침묵에서
사랑하는 아내를
가슴에 묻고 속 태우시는
그리움을 보았습니다

자식들 잘 살기를 바라며
손주들 재롱에 웃으시던 모습
아버지의 인자한 모습 가슴에 담아
오래오래 남겨두렵니다

남자는 우는 것을 삼가라시며
어려움은 시간이 가면 다 지나간다는
아버지의 말씀 고이 간직하고
일러 주신 길은 사랑입니다.

 제목 : 가슴에 심은 사랑
시낭송 : 박영애
스마트폰으로 QR 코드를 스캔하면
시낭송을 감상할 수 있습니다

잠들지 못하는 이유

이른 새벽 거물거리는 눈으로
미완성의 글을 긁적일 때
밤이 집어삼켰던 해를 뱉으며
여명이 하루의 시작을 알려 준다.

찾으려는 마음은 바빠 오고
굶주린 형상들이 복잡한 뇌리에서
뒤엉키며 싸우는 병목 현상은 부족함이다.

힘들어 꿈을 포기하려는 마음과
용기 내어 도전에 성공하려는 순간
갈피를 잡지 못하는 혼돈의 시간이다.

보람은 하나둘 쌓여 희망이 보이고
때로는 슬픔과 기쁨으로
고뇌하는 나를 잠들지 못하게 하여
정제된 시어(詩語)를 찾아 밤을 새운다.

회룡포 노을

내성천 굽이굽이 먼 길 돌아
긴 여정에 지친 물은
넓은 모래사장에 쉬어 가려는가

어디까지 가는 줄도 모르고
육지 속의 섬을 휘돌아
자연의 조화로운 풍경을 만든다

물 위에 걸터앉은 뿅뿅 다리
모래 위를 달려가는 맑은 물이
다정스럽게 조잘대며 흘러가고

코로나19로 쓸쓸한 섬 안에
꽃양귀비와 안개꽃이 곱게 피고
산을 넘는 노을 따라 집으로 간다.

줄 장미

꽃이 나를 보고 웃고
나는 꽃을 보고 웃는다

새빨간 장미꽃이
향기 없고 화려해도

바람 불고 때가 되니
꽃잎은 떨어지고

고운 모습 사라지는 건
우리 인생과도 같더라

물방울

밤새 내린 비는 겨울을 보내고
봄을 부르는가 싶더니
드디어 안개로 피어오른다

질펀한 밭고랑이 제집인 양
파릇한 잡초의 새싹이
입을 히죽거리며 해해거리고

배나무 꽃눈에 대롱대롱 매달려
아내의 귀걸이처럼 반짝인다

떨어질 듯 몸속으로 스며들어
한 해의 자식을 잉태하겠지
이 모든 게 자연의 섭리인 것을

구담봉 가는 길

고개 넘어 데크 계단 따라
닳아빠진 바위 틈새로
버팀목이 빤지르르 빛이 난다

수없이 오간 흔적은
긴 세월의 전설로 남겨지고
내 것인 양 익숙해진 바윗덩어리

주변 바위산과 호수의 경관
눈에 보이는 모두가 내 것인데
이만하면 되지 않겠는가
왜 그리 기분이 좋아지는 걸까

산은 나보고 이렇게 말했네
눈에 보이는 자연은 네 것이라고
파란 하늘 구름까지도
그냥 보고 즐기라고 말하네

나는
그래서 부자의 욕심은 진즉에 버렸네
자연은 내가 주인이니까
부러울 게 하나 없더라

철 따라 아름다운 구담봉
변함없이 자리를 지켜온 바위틈에
소나무와 곱게 핀 진달래가
그대로 잘 있는지 또 보고 싶구나

제목 : 구담봉 가는 길
시낭송 : 박영애
스마트폰으로 QR 코드를 스캔하면
시낭송을 감상할 수 있습니다

내가 가진 것

내가 가진 게 너무 많다.

보고 들을 수 있는 눈과 귀
소통하고 먹을 수 있는 입
걸을 수 있는 두 다리와 발
배설할 수 있는 똥구멍도 있지

타고 다닐 승용차도
과잣값 정도의 국민연금
늙었다고 주는 기초연금도 받는다

농사지으면 또 나오는 약간의 돈
그래도 쓸 곳도 많다는 거다
들어왔다 또 나가는 게 돈이다
그래서 돈은 내 그것이 아니다.

오로지 내 것이라고 말한다면
나를 이해하고 믿어주는
사랑하는 아내와 내 피를
이어받은 분신들만 남는다

스마트폰을 다루는 손가락
네가 있어 하루를 즐기며
나는 글을 쓰고 다듬어 간다.

오월의 첫날

아침에 바람 불고 비가 오니
서글픈 몸이 움츠려지며
양손을 뻗어 기지개를 힘껏 켠다

희뿌연 송홧가루가 비에 씻겨
길 한쪽 움푹 팬 물 위에
노란 물감을 풀어 놓고

먼 산 들녘은 또렷하게 보이고
연두색은 초록으로 짙어 가는데
벌써 오월의 첫날이 되었구나!

일 년 중 가장 바쁘다는 농사철
장미꽃은 곱게도 피려 하고
삶에 얽매인 마음이 분주해진다.

아침 하늘

비 그친 아침 하늘에
구름이 멋진 그림을 그렸다

악어들이 먹이를 찾아
모여드는 것처럼 신기하다

자연은 어느 날 갑자기
이렇게 아름다움을 보여준다

한참을 쳐다보는데
구름 속을 이리저리 비집고
빠르게 지나가는 낮달이
왜 저리도 외로워 보일까

한 폭의 수묵화는
오래 머무르지 못하고
서서히 조각으로 사라져 간다.

농부의 마음

눈뜨면 어김없이 일어나
밥을 먹으면 들로 바쁘게 달려가서
밭 갈고 논 갈아 씨를 뿌려
자식 키우듯 농사일은 늘 바쁘다

가물면 비가 오기를 바라고
비가 오면 일 못 해서 가슴 졸이며
이 걱정 저 걱정 다 하다가
또다시 일터로 발걸음을 옮긴다

살기 위해 일하고 먹는다지만
흉년이면 내년을 기다릴 줄 알고
오롯이 일만 생각하는
그 속마음을 누가 알아주겠어

그렇다면 일만 열심히 하자
주어진 운명이고 팔자라면
하루를 바쁘게 또 살아가야 하는
나는

만남도 인연이더라

비 그치고 그리 덥지 않은 칠월
설렘의 마음 달래며 만남의 순간
반가움의 주먹 인사가 정겹다

헤아릴 수 없는 가녀린 꽃들이
철 지났는지를 모르나?
길옆에서 여린 바람에 떨고 있네

연못의 수련꽃은 활짝 웃지만
사랑도 모르는 잠자는 여인이여
왜 그리 애처로이 피어 있는지

쟁반같이 동그란 앙증맞은 섬에는
꽃도 피고 미로 공원도 있고
휘돌아 흐르는 물 위에 뿅뿅 다리도
모래사장을 걸어 볼 수도 있단다

같은 길을 같은 마음으로
욕심 없이 쉼을 찾아보려는 우리
짧은 인연의 소중함을 알고
아름다운 회룡포에 추억을 심었다.

노을 진 비룡교

낙동강 강물이 맑게 흐르고
물속에는 팔뚝만 한 잉어 몇 마리
위를 향해 구불대며 노를 짓는다

하루를 달구었던 붉은 해가
서쪽 산마루를 넘어갈 때
강물에 뛰노는 노을은 윤슬을 띄우고

강을 가로지른 비룡교 전망대에
강물이 실어다 준 바람을 남겨둔 채
하염없이 꼬리를 물고 흘러가네

더위를 잊으려 바닥에 드러누워
어둑한 하늘을 쳐다보니
구름 속 조각달이 웃고 나도 웃는다

단풍 든 마음

이 좋은 계절
산 위 탐스럽게 피어나는
복슬복슬한 구름이
금방 사라질 꽃을 피운다

실바람에 하늘거리는
집 앞 코스모스는
들뜬 마음을 가슴에 채우고

꽃잎에 빨간 고추잠자리
꼼짝하지 않아
편하게 잠이 들었는가 보다

영글어 가는 가을에
훌쩍 떠나고 싶은 설렘은
내 마음 단풍으로 물들이네

밤에 글 쓰는 남자

그래
때론 힘들어도 일을 하자
내가 할 수 있는 능력이 된다면
기꺼이 해야 하겠지

나이 들어 병들고 힘이 없어
아무것도 못 하는 것을
주변에 많이 보지 않았는가

농사도 일이고
글을 쓰는 것도 힘든 일인데
걷는 것도 힘보다
걷고자 하는 마음이 우선이다

게으름을 멀리하고
뼈마디가 으스러지는 느낌
몸에 피로감이 들 때도
움직여야 건강을 유지할 수 있다

그래서 나는
뒤척이다가 일어나
모두가 조용히 잠든 시간에
휴대폰을 만지작거리며
하얀 여백을 까맣게 채우고 있다.

반백 년의 인연

추위에 옷깃을 스미고
꼬부랑길 돌고 돌아
사연 많은 고갯마루 올라서니
파란 하늘엔 구름이 아름답고

무성했던 잎들은
하나둘 노랑과 빨강으로
물들어 갈무리를 서두른다

가을 향기는
목구멍으로 넘어가고
샛노란 국화꽃은
서리가 꽃잎을 태우는데

힘들게 살아온 꼬부라진 삶
세상 모든 게 내 것인 양
운 좋은 날도 있구나
신혼여행 때 넘었던 말티재를

말보다 행동

친구와 함께 영덕으로 떠나갑니다

먹을 것도 준비해서
고속도로를 달리는 차창으로
멋진 가을을 즐겨봅니다.

나는 운전대를 잡고 있지만
세월의 변화로 차는 알아서 갑니다.

이 좋은 세상
지나온 날들이 그래도 좋았다고
흘러간 추억 얘기로 웃어봅니다

시간이 가는 것은 어쩔 수가 없듯이
말로만 하는 계획은 무의미하니까
무작정 떠나보는 것이 더 즐겁습니다.

주산지

왕버들의 삶을 누가 알겠는가만
긴 세월 수많은 사연
물속 뿌리에 채워 놓고
몸을 들어 양손을 뻗는다

물 위에 떨어진 낙엽은
물비늘에 일그러져 떨고 있고
만추를 시샘하듯
흐릿한 구름이 물속으로 숨는다

주변의 아름다운 자태
겨울이 오기 전 갈무리를 하는지
살랑 바람에 떨어지는 나뭇잎
황혼의 인생처럼 참 쓸쓸하구나

동행자

우리라는 이름으로
함께 볼 수가 있어서
나는 참 좋습니다

힘든 길도
다 함께 걸을 수 있어서
보람을 느낍니다

한 곳에 앉아
먹을 수 있다는 게
더 좋을 수가 없습니다

우리가 더 소중하고
쉼 없는 삶에
마음이 아려옵니다

또 만남이라는
인연의 끈을
가슴속에 묶어 놓습니다.

닮고 싶을 때

파란 하늘은
언제나
파랗게 되어 있다

하지만
계절이 변덕스러워
비도 오고
눈도 온다

때로는
바람도 불고
구름도 흘러 다닌다

그래도
하늘은 모든 걸
다 받아 주고
세상을 품어 준다

그래서
나는
하늘을 닮고 싶다

나이 듦에

우중충한 잿빛 하늘
저 멀리 구름이 걸어온다

왠지 서글프고
으쓱하게 추워지니
이 또한 흐름의 탓이겠지

찬 바람이
떨어진 낙엽을 앞세우고
바쁘게 뛰어가는데

물끄러미 바라보는
나는
살아온 서러움이라 말한다.

출렁이는 사내

옥순봉 산 그림자
널따란 호수에 펼쳐 놓고

옥빛 물 위를 어질하게
걸어가는 사내

울렁이는 것은
호사스럽고 즐거운 일인데

어쩌면 여유를 만끽하는
삶은 이런 건지도 모른다

나무도 웃었고
하늘도 웃기에 나도 웃었다.

나 홀로 간다

삶이
참 힘이 든다
때론 웃을 날도 있지만
우울한 날도 있더라

감정의 동물이란 말이
이럴 때 생각이 난다

별거 아니란 걸 알면서도
순간의 욱하는
성격 탓인지도 모른다

그래서
그냥 어디론가
훌쩍 떠나보려고
목적지 없이 길을 나섰다

발길 닿는 대로
가다 보면 후회하고
그리고 다시
돌아오는 내가 미워진다.

봄의 소리

기다림과 설렘으로 가득 찬 봄
변덕스러운 흐릿한 날씨가
마냥 서글퍼지고 개운치가 않다

텅 비워둔 들판에는 침묵을 깨우는
트랙터 소리가 요란스럽고
파리한 비둘기 한 마리
뒤뚱뒤뚱 내 앞길을 걸어간다

봄바람 꿈틀대며 코끝에 스치고
텅 빈 가슴에 봄을 채우며
계절은 말없이 봄을 만끽한다

어차피 계절은 오고 가는데
내년이면 어김없이 찾아오지만,
살아온 인생은 외로움만 더해가고
쓸쓸하기 그지없구나

옷 사이 스미는 바람 배를 차게 하고
솔잎 사이 빠져 가는 바람 소리
귓전을 맴돌다가 말없이 떠나간다

제목 : 봄의 소리
시낭송 : 박영애
스마트폰으로 QR 코드를 스캔하면
시낭송을 감상할 수 있습니다

109

가을 동행

나는 너를 사랑했고
너도 나를 사랑했다
함께 부대끼며 살고 있잖아

비 오는 날에는 눈물을 흘렸고
더운 날엔 그늘을 만들며
바람 불면 꺾어질세라
우린 서로 부둥켜안았지

어느새 찾아온 가을
차가운 강바람에
바스락바스락 속삭이며

익어가는 너와 나의 사랑도
노을 지는 강가에서
한 생의 갈무리를 해야겠지

핑크색 편지

노을 지는 강 언저리
소녀의 가녀린 자태는
쪽빛 물결처럼 일렁입니다

사랑도 모르며 사랑한다고
긴 밤 지새우며
또박또박 긴 사연을 써봅니다

애틋한 사랑의 편지
가슴속으로 스며드는
옛 소녀의 그리움이 설렙니다

계절은 기다려 주지 않고
힘없이 떨어진 낙엽을
바람이 등에 업고 뛰어갑니다.

쉼

단풍이 곱게 물드는 오후
함께하는 옆지기
여유를 즐기려고
나그네처럼 그냥 떠나 본다

목적지 없이 그냥 가는 게
익숙한 우리는
습관처럼 이곳저곳 보면서
눈 호강을 시킨다

삶에 지쳐 버린 생각을
차에 매달고
둘만의 드라이브에
긴 시간의 추억을 모아 둔다

긍정적으로 보는 안목
가진 게 없어도
함께 할 수 있으니
이런 것이 곧
우리의 행복이 아닐까 싶다.

삶이 그런 거지

나는 돈이 없고, 가진 게 없어도
불평불만 하지 않고 이 좋은 세상을
가지려 애쓰지 않아도 되는
이름 없는 시인이 되었나 보다

그렇다 진즉에 알았어야 했는데
요즘 누가 시집을 사주겠나
아무리 좋은 시를 많이 써도
알아주는 이 하나 없지 않은가

독자 없는 글을 쓴다는 것은
그만큼 시대가 변했다는 증거다
그래도 시인은 남을 탓하지 않는다

욕심 없이 남에게 피해도 주지 않고
내가 마음속에 우러나는 심상을
자유롭게 있는 그대로를 쓰면 된다

잘 쓰든 못쓰든 모두가 내 것인데
어느 누가 뭐라 한들 관심 없다
쓰고 싶으면 쓰고 싫으면 안 쓰면 된다

 제목 : 삶이 그런 거지
시낭송 : 박영애
스마트폰으로 QR 코드를 스캔하면
시낭송을 감상할 수 있습니다

인연

먼 길에도 만남은 좋다
길을 함께 걸을 수도 있고
한두 번 또는 처음 보는 문우님
가을 문학 동행이 있던 날

코로나로 입을 가리고
얼굴은 반쪽
주먹 인사로 안부를 묻고
가족처럼 반가웠다.

두런두런 주고받는 얘기
오르막길에는 낙엽이
계절을 못 이겨 서러운지 방방 뛴다

떨어져 쌓여가면서도
스치는 바람에 하소연하듯 땅바닥에
몸을 뒹굴며 응석을 부린다.

작은 바람

잿빛 흩뿌린 하늘엔
간간이 햇빛이 얼굴을 내민다

미세한 바람은 서글프게 불고
뺨에 차가움을 가져다주네

계절은 겨울을 데리고 오는데
가을은 먼발치로 멀어져 떠나려나

코로나로 숨죽이고
아름다운 삶을 망각한 채
어느덧 한 계절을 또 보내야 한다

두려웠던 한 해가 저물기 전에
고통 속에서 벗어나기를 빌어 본다.

풋눈

잔뜩 흐렸던 조용한 하늘
여리디여린 선녀처럼
한 점 두 점 사뿐히 내려앉는다

초겨울의 빈 들판이 낯설어
부끄러운지 잡으려 해도
형체가 없어 만져 볼 수가 없다

차갑게 스며드는 추억이
가슴 쏴 한 그리움을
순백의 세상으로 덮어 버렸다

더 많이 오기를 기다렸지만
얄밉게 그친 눈이 원망스럽다.

내 욕심인지 눈을 맞으며
눈 위를 걸어보려는 생각보다
시름에 빠진 모든 이의 소망
코로나가 눈 녹듯 사라지기를

차순이

나는 함께 길을 가고 있다
어디로 가느냐고 묻는다
그냥 길 따라갈 뿐이라고 말했다

굽잇길 돌아갈 때 햇살이 심술부려
눈을 못 뜨게 자꾸 훼방을 놓는다

구부정한 산줄기 목이 마르는지
도랑에 입을 대고 물을 마시며
바위는 전설을 품은 채 검게 타버렸다

홀딱 벗고 깊은 잠을 자는 나목
찬 바람에 꿈을 꾸는지 몸을 뒤적인다

겹겹이 쌓인 산 주름 저 멀리
구름 안고 보일 듯 말 듯 길을 찾는다

가자면 가고 쉬자면 쉬는 차순이
아내 차순이는 옆에 앉아 웃고 있다.

후진 없는 시간

한 해의 마지막 날
해는 힘없이 노을을 만들고
못다 한 일들을 아쉬워하면서

잊지 못할 코로나19로
가장 힘들었던 시간 동안
어려운 삶을 살게 했다면서

뿌리치듯 사라지는 해
내일이면 또 새해의 희망을
나누어 주려 해는 뜰 것이다

붙잡아도 가야 하는 시간
다시 돌아오지 않는 세월은
해지고 나면 기억으로 남겠지

내년에는 코로나 없는 일상에서
자유롭게 살기를 기대해 본다.

새해 첫날

하얗게 서리를 덮어쓴 햇빛
지붕 위에서 추위를 녹이려고
가진 애를 쓰고 있다

새해의 아침은 더 청명하고
왠지 기분이 좋아지며
올해는 모든 게 잘 되려나 본다

모든 걸 비우고 사니까
더 바랄 것도 더 가질 것도 없지
다만 움켜쥐고 지킬 뿐이다

여유가 있으면 부족함이 있듯이
나이 들면 누구나 아프지만
주어진 숙명대로 훨훨 날아보자

산을 오르며

날씨 좋은 날
친구와 산을 오른다는 건
우리가 건강하기 때문이다

인생은 칠십부터라 했던가
함께 걸을 수 있는 시간
삶을 얘기할 수 있는 친구

누구한테도 말 못 하고
가슴에 묻어 둔 녹슨 사연도
서슴없이 털어놓는 친구

자연을 좋아하는 것
같은 취미를 가진 것도
좋은 친구가 있기에 너무 좋다.

겨울 바다

수평선 저 멀리 겨울바람이
파도를 앞세우고 뛰어와
모래턱 입맞춤으로 노래 부른다

모래와 파도
그칠 줄 모르는 사랑은 이어지고
힘겨운 세월을
함께 부대끼며 살고 있다

바다를 바라보는
내가 미운지
찬 바람이 양볼을 마구 때리고

모래 위에 작은 흔적을 남긴 채
모래알처럼 수많은 응어리
파도 속으로 남몰래 던져 버렸다.

가는 세월

한 해의 첫 달은 또 지나간다
빠르다 빠르다 했지만
너무 빨리 가는 시간이 미워진다

그놈의 코로나 때문에
자유롭게 나갈 수도 없고
갑갑했던 하루는 왜 이렇게 빠른지

일어나면 아침
바깥을 돌아보니 한나절
점심 먹고 텔레비전 좀 보면 해지고
한 것도 없이 저녁이네

세월이 가는 건지 내가 가는 건지
붙잡고 물어볼 수도 없어
곰곰이 생각하니 내가 늙어가네

게으른 놈

이불 속에서 눈을 감고 이리저리 뒤척인다
오래전 기억들도 순간의 생각들도
마구 머릿속을 헤집으며 왔다가 사라진다

붙잡으려 했지만 금방 도망가는 시어들
나이 듦인지 귀신처럼 허공을 맴돌다 떠났다
반복의 설렘이 이어지고 나를 누워 있게 만든다

눈 뜨면 오늘은 무엇부터 해야 할지
이 생각 저 생각으로 어느덧 날이 훤해진다
일어나자 일어나야지 했는데
몸이 귀찮은지 아니면 누워 있으니 편함인지

이불을 걷어붙이고 기지개를 켜 본다
아내가 식사하라는 말에 일어나 옷을 입는다
내가 나를 생각해도 참 게으른 놈이다.

여유로운 시간

봄 같은 겨울의 청명한 오후
갑갑한 마음 달래려고 비봉산에 올라
전망대 바닥에 주저앉아
두런두런 못다 한 정담을 나눈다

산 아래를 바라보니 길게 뻗은
낙동강 줄기가 자리 잡고
상주보는 흘러가는 물길을 막는다

물 위에 떠 있는 수상 탐방로
널따란 경천섬에는
코로나19로 서로를 외면한 채
아주 작은 사람의 움직임이 보인다

가끔 산을 찾아오는 친구와
저 멀리 펼쳐진 자연의 여유를 먹는다.

오름길

파란 여백의 하늘
질투한 찬 바람이
얼굴을 때리고
깊은 잠에 나목들은 뒤척인다

굽이마다 드리운 햇살은
추위를 데우려고
안간힘을 쓰지만
속절없는 기다림 뿐이다

자연을 찾아
동행하는 친구와 함께
두런두런 대화를 나누고
수많은 생각을 길에 뿌린다

걸어온 길을 뒤돌아보면서
다시 내려가야 하는
묵직한 산처럼
삶도 오름과 내림이 있다

긴 시간을 힘겹게 견뎌 온
도돌이표 같은 일상
봄이 오면
텃밭에 희망의 씨앗을 심는다.

제목 : 오름길
시낭송 : 박순애
스마트폰으로 QR 코드를 스캔하면
시낭송을 감상할 수 있습니다

125

아내의 밥상

때가 되니 밥을 차려 준다
로라가 달린 소반에
달달 끌고 오는 소리가 들린다

몇 가지의 반찬과 밥이 째려본다
게으른 나에게 화가 난 모양
여느 때고 내 밥은 따뜻하고
아내는 식은 밥이다

죽이면 죽 밥이면 밥 남은 밥도
함께 먹자고 얘기를 했지만
천성으로 마음 착하게 태어나
못난 남편을 항상 먼저 챙긴다

맛있는 반찬도 꼭 내 앞으로
요즘에 보기 드문 섬김이다
미안함을 알아도 그러려니 한다

지난 잘못도 고생시킨 일들도
다 버리고 마음을 비운 건지
오늘도 따뜻한 밥을 차려준다.

제목 : 아내의 밥상
시낭송 : 박영애
스마트폰으로 QR 코드를 스캔하면
시낭송을 감상할 수 있습니다

126

비워야 행복하다

가난해도 굶지 않으면 되지 않은가
가진 게 없으니 빼앗길 것도 하나 없고
후회할 것도 부끄러운 것도 없다

내가 가졌던 모든 것은 내가 싫어서
내 곁에서 저 멀리 다 떠나버렸고
원망과 후회도 욕심까지 모두 떠났다

오직 나에겐 글을 쓸 수 있는 마음과
텅 비워진 나만의 여백이 있기에
또 사랑하는 가족과 늘 나를 믿어주는
든든한 아내가 있지 않은가?

어디 그뿐이던가 친구들과 문우님
그리고 주변의 친인척 인연이 있는
모든 분이 가난한 나에겐 힘이 된다

자연과 사물과 일상만 있으면 된다
이름 없는 시인으로 살아갈지언정
버리고 비우면 행복이란 걸 난 알았다.

제목 : 비워야 행복하다
시낭송 : 박영애
스마트폰으로 QR 코드를 스캔하면
시낭송을 감상할 수 있습니다

말하지 않아도
다 알아요

기영석 시집

2022년 12월 23일 초판 1쇄
2022년 12월 26일 발행
지 은 이 : 기영석
펴 낸 이 : 김락호
디자인 편집 : 이은희
기 획 : 시사랑음악사랑
연 락 처 : 1899-1341
홈페이지 주소 : www.poemmusic.net
E-Mail : poemarts@hanmail.net

정가 : 10,000원
ISBN : 979-11-6284-419-9